한국 희곡 명작선 103

타클라마칸

한국 희곡 명작선 103

타클라마칸

김수미

평민사

타클라마칸

등장인물

사내
홍숙영

무대

길 위는 표지판 하나 없다. 일상의 궤도에서 벗어나 길을 잃어버린, 막막한 그들의 상황이 설명될 수 있는 분위기였으면 좋겠다. 도시와 단절된 느낌을 주어 자연 속에 들어온 그들을 일상과 분리하기 위함이고, 자연을 실록을 배제한 사막과 가까운 모습을 원하는 건 그들 자신이 보지 못했던 또 다른 자신과 가장 닮은 모습의 환경 속에 그들을 두기 위함이다.

표지판 하나 없다.

날 좋은 날.

휑한 벌판 사이로 난 1차선 비포장도로.

뿌연 먼지바람을 뚫고 모습을 드러내는 중형차.

달리던 차가 스르르 멈춰서더니 시동이 걸리지 않는다. 그 바람에 홍숙영은 뒤에서 밀고 사내는 차 운전석에서 차를 밀며 등장한다.

홍숙영 제대로 좀 해봐.

사내 하고 있습니다.

홍숙영, 힘겹게 차를 밀고 있다.

사내 안 되는 걸 알면서도 계속하는 건 미련하거나, 무모한 겁니다.

홍숙영 시동은 내가 걸 테니까, 당신이 밀어.

홍숙영, 운전석으로 가 앉는다.

홍숙영 하나 둘 셋 하면 동시에.

사내, 우두커니 서 있다.

홍숙영 뭐해?

사내, 못마땅한 얼굴로 차를 밀 준비를 한다.

홍숙영 하나, 둘, 셋…

셋과 동시에 차를 미는 사내.
홍숙영도 시동을 거는데, '펑' 소리와 함께 본네트에서 연기가 난다.
'악!' 비명을 지르며 차에서 내리는 홍숙영.

사내 사람 부르자고 했잖아요. 처음부터 내 말 듣지 이게 뭡니까?

홍숙영 (연기에 콜록거리며) 당신이 봐봐.

사내 그러고 싶은데 제가 차에 대해서 몰라요.

홍숙영 당신 알아. 안다고.

사내 글쎄요. 그쪽 기억 속에 계시는 그분은 아실지 모르지만 전 아닙니다. 몰라요.

홍숙영 정말 이럴 거야?

사내 자꾸 이러시면 제가 굉장히 당황스러워요. 저는 당신이 알고 있는 그 사람이 아닙니다. 다시 한 번 설명 드리자면…

홍숙영 (말을 막으며) 아니, 하지 마.

사내 혼돈을 없애 드리는 편이…

홍숙영 (말을 가로채며) 알겠다고. 그러니까… 그쪽이 하려는 말을 알고 있다고.

사내 아직 이해를 못 한 거 같은데…

홍숙영 이해는… 천천히 합시다.

사내 그럴 필요가 있을까요? 그럴수록 서로 힘들 뿐입니다.

홍숙영 이대로 있을 거야? 여기서 밤을 보낼 건 아니지?

사내 저는 처음부터 이러지 말자고 했습니다. 이런다고 될 문제가 아니라고…

홍숙영 전화. 그래 전화부터 하자고…

홍숙영, 휴대전화를 찾는다.

홍숙영 내 전화기?

사내 없어요? 어디 뒀는데요?

홍숙영 알면 찾겠어?

사내 내 것 쓰세요. (휴대전화를 보며) 죽었네. 배터리가 제로입니다.

홍숙영 어디 있을 텐데…

홍숙영, 가방을 뒤지고 자동차 안을 살피며 휴대전화를 찾는다.

사내 차 문… 차 안쪽 손잡이 있는 데다 꽂아 두잖아요.

홍숙영, 휴대전화를 꺼내며…

홍숙영 이건 어떻게 설명할래? 나조차도 깜박하는 내 습관인데 어떻게 알았을까?

사내 …

홍숙영 당신이, 당신이 아니라면?

사내 아까 두는 거 봤어요.

홍숙영 그래. 해봐. 해 봅시다. 나도 끝이 궁금하네.

홍숙영, 휴대전화를 건다.

홍숙영 (전화기를 들고) 여보세요. 펜션이죠? 예약한 사람인데요. (듣고) 저희랑 같이 예약한 일행들은 왔나요? (듣고) 아니요. 가긴 할 건데요. 차가 섰어요. (듣고) 글쎄요. 여기가 어딜까요? (듣고) 7번 국도 타고 오다가 53번 국도로 빠졌어요. 내비가 가르쳐 준 대로 왔거든요. 근데 계속 같은 자리를 돈 거 같아서요. (듣고) 지도요? 지도… 잠깐만요. (지도를 찾다가) 없네요. (듣고) 주변에 보이는 게… 큰 바위가 보이는데… 모양이요? 모양이… 거북이 등처럼 생겼어요.

사내 저건 사람 얼굴이죠. 옆으로 봐 보세요. 보이죠?

홍숙영 (전화기를 들고) 사람 옆 얼굴 같기도 하고요.

사내 비행접시 같기도 한데…

홍숙영 (전화기를 들고) 비행접시 같기도 하고요. (듣고) 그니까 국그

룻 엎어 놓은 것처럼… 아무튼, 둥그렇지만 조금 울퉁불퉁 하기도 하고… (손짓을 하며) 이렇게 생긴 거요. 커요. 그냥 큰 바위요. (듣고) 차가 퍼졌다고요. (듣고) 여기가 어딘 줄 알아야 설명을 하죠. 그래도 아저씬 이 근처 사니까… 거의 다 온 거 같다니까요. 네. 빨리 와 주세요.

홍숙영, 전화를 끊는다.

사내 여기 안답니까?

홍숙영 모른대.

사내 어떻게 찾습니까?

홍숙영 기다리래. 기다리자.

사내 말도 안 됩니다.

홍숙영 말 돼. 이 정도는 누구에게나 일어나는 흔한 일이야. 진짜 말 안 되는 건, 당신이야.

사내 전 그만 제 길을 가고 싶습니다만…

홍숙영 보내줄 거야. 하지만 지금은 아니야. 사람들 올 거니까 기다립시다.

사내, 조금 떨어진 곳으로 가서 앉는다.

사내 일을 복잡하게 만드는군요.

홍숙영 날이 풀렸기 망정이지. 날 추웠어 봐. 생각만 해도 끔찍하다.

사내 인정하면 간단합니다.

홍숙영 당신은 잠시 길을 잃은 거야.

사내 그쪽도 길을 잃은 거 같군요.

홍숙영 사람들이 올 거야. 곧 집으로 돌아갈 거고. 그럼 우린 다시 평범해질 수 있어. 예전처럼…

사내 예전으로 다시 돌아간다. (잠시) 사람들이 그런 걸 원하는 줄은 몰랐습니다.

사내, 일어서 가려는데…

홍숙영 어디 가게?

사내 담배가 떨어져서…

홍숙영 사러 가게? 여기가 어딘 줄 알고?

사내 왔던 길을 돌아 나가다 보면…

홍숙영 당신 담배 안 펴.

사내 그래요? 난 끊으려고 해도 잘 안 되던데… 의지가 강하신 분인가 봅니다.

홍숙영 나한테 있어.

모래를 일으키며 바람이 분다.

바람을 피하는 사내와 홍숙영.

바람에 등을 지기도 하고, 손으로 가리기도 하고, 옷깃을 여미기도 한다.

사내 싫다. 정말 싫어.

사내, 차 안으로 들어간다.

홍숙영, 가방에서 담배를 꺼내 사내에게 건넨다.

사내, 담배를 받아 핀다.

홍숙영 (담배를 피워 물며) 처녀 때부터 폈어. 임신하고 잠시 끊었는데… 자주는 아니고 가끔… 가슴이 답답하고 숨이 잘 쉬어지지 않을 때… 당신은 몰랐을 거야. 향수를 진하게 썼으니까.

사내 집이 외로웠나 봅니다.

홍숙영 당신은 외로웠던 적 없어?

사내 그러게요. 외로운 게 자연스러운 걸지도…

홍숙영, 담배를 끄며…

홍숙영 의사가 당신 해리 장애래. 당신 안에 여러 인격체가 있다는 거지. 난 받아들일 수가 없어. 당신이 쇼하는 거 같거든. 연기하는 거 같다고. 차인배. 이게 당신 이름이야. 60년 넘게 그 이름으로 살았어. 나랑 산 지도 30년이 넘었어. 지겹겠지. 지겨울 거야. 그건 이해해. 인정도 하고. 하지만 여기까지야. 더는 가지 마. 이 길은 아니야, 여보.

사내 그쪽이 보고 있는 건 그쪽이 아는 사람이 아닙니다. 그냥 보이는 나인 거죠. 예를 들어 주위를 한번 보세요. 흙, 풀, 길, 바위, 하늘… 보이죠? 이건 보이는 겁니다. 보는 게 아니라, 보이는 대로 인지하는 겁니다. 인지한 걸 의심하기란 쉽지 않습니다. 저장된 기억이 '하늘이다' 하면 하늘인 겁니다. 믿는 거죠. 그러니 그쪽 생각부터 멈추고 나를 보세요. 보란 말입니다. 그냥 보이는 대로가 아니라 내 눈을 맞추고 나를 보라고요. 그럼 그쪽도 내가 누군지 알 겁니다.

홍숙영 날 낯설게 보는 당신 눈빛부터 바꿔. 그래야 나도 당신을 보지. 당신 보기가 불쾌하고 불편해.

사내 그쪽이…

홍숙영 (말을 끊으며) 그쪽, 이쪽, 저쪽… 내가 사거리 신호등이야. 방향지시 하지 말랬잖아.

사내 반말이 친근함의 표시인 줄 착각하는 사람들이 많습니다. 하지만 아닙니다. 대화를 지속하기 매우 불편하네요.

홍숙영 그러지요. 이름을 불러주세요. 홍숙영. 내 이름은 홍숙영이에요. 알았어요?

사내 그러죠.

홍숙영 아니. 난 당신한테 존대 안 했어. 당신도 나한테 하지 않았고. 서로 해왔던 대로 하자고.

사내 저는 지금껏 쭉, 한결같이 존대를 해오고 있습니다만…

홍숙영 좋아. 당신은 당신 방법으로 나는 내 방식으로 해 보자.

사내 담배 하실래요?

홍숙영 뭐?

사내 얼굴이… 필요해 보이셔서…

홍숙영 나는 당신 아이도 낳았고, 당신이랑 같은 침대에서… 물론 오래전 얘기지만… 어쨌든 같은 집에서 잤고, 밥 먹고…

사내 그(쪽)… 그러니까 홍숙영 씨도 당혹스러우시겠죠. 저 또한 당혹스럽습니다. 왜 나에게 이런 일이 일어났는지… 그렇다고 어느 날 갑자기 바뀌어버린 내 인생을 그냥 받아들이고 살 수는 없는 거 아닙니까? 사실 오래전부터 의심이 들긴 했어요. 이젠 확신이 들어요. 전 분명히 바뀐 겁니다.

홍숙영 미안해.

사내, 차에서 내리며…

사내 마실 거 없습니까?

홍숙영 없어. (사내에게) 미안하고… 내가 무심했어.

사내 좀 챙기시지. 목말라 죽겠네요.

홍숙영 죽어.

사내 죽으라니요. 그걸 말이라고…

홍숙영 말을 끊으니까… 아니야. 내가 잠시 말하는 법을 잊었나 봐. (사내에게) 내가 무심했다는 말까지 했지?

사내 전화라도 해봐요. 어디까지 왔는지, 오고 있긴 한 거지… 곧 어두워질 겁니다.

홍숙영 인내심도 잊었어? 당신 어른이야. 다시 하죠. 미안해요. 그리고 내가 무심했어요.

사내 그만하세요. 전 당신 남편이 아닙니다.

홍숙영 어떻게 그만둬. 멈추면 끝인데…

사내 이런 여행을 한다고 제가 그쪽 남편이 될 수는 없습니다.

홍숙영 우리가 만나러 가는 사람, 당신과 가장 오래 된 친구야. 만나면 마음이 달라질 거야.

사내 모르는 사람이라잖아요.

홍숙영 누구에게나 몸에 밴 어린 시절이 있어. 고기 먹고 나면 옷에 냄새 배는 것처럼. 당신도 그건 거짓말 못할 걸?

사내 당신이 제 가족이라는 사람들과 만나게 했지만 전 그 사람들을 모릅니다.

홍숙영 그래 친척들 만난 건 실패했어. 하지만 돌려놓을 수 있어.

사내 그(쪽)… 홍숙영 씨가 틀렸다는 거 증명하기가 저도 힘드네요.

사내, 다시 차에 탄다.

남은 배터리로 라디오를 튼다. 이리저리 채널을 돌리며…

홍숙영 작년 겨울 어머니 돌아가셨을 때, 당신 힘들었을 거야. 상실감에 아팠겠지. 그래. 당신 안아주지 못했어. 미웠겠지. 정떨어졌을 거야. 그래도 한편으론 당신이… 좋아할 순 없겠지만… 그래도…

라디오 볼륨을 점점 크게 하는 사내.

홍숙영 사실 긴 병에 효자 없다고… 어머니 5년간 병석에 누워계실 때 당신 형제들 어느 누구 하나 병원비 책임진 사람 없었잖아. 장남이라는 죄로, 그래 난 죄 같더라. 당신도 무거웠잖아. 우리 힘들었어. 당신도 나랑 같은 심정일 거라고 생각했지. 무거운 짐을 내려놓은 것 같은… 그래도 당신 나보단 낫잖아. 내 앞에서 징징대면 안 되지. 우리 아버진 당신보다 어린 나이에 돌아가셨어.

홍숙영, 차로 가서 라디오를 끈다.

홍숙영 시끄러워.

사내 사람들이 소리라도 듣고 우릴 찾을 거 아닙니까?

홍숙영 제발…

사내, 뭔가 말하려다 만다.

홍숙영 세월이라는 게 참… 참… 내년이면 내 나이가 아버지 돌아가셨을 때 나이네.

사내 중년이라는 게 그래요. 전쟁 같은 시기를 거쳐서 되는 거라 영광의 상처 하나씩 훈장처럼 달고 살죠. 사연 없는 인생 없다는 얘기, 중년이 되면 누구나 이해를 하게 됩니다.

밀물과 썰물이 바뀌는 것처럼 인생의 풍경이 바뀌어 버리는 거죠.

홍숙영 여보, 우리 살아온 만큼 살지 못해. 평균 수명 늘었다지만 그것도 특별한 사고 없이 안전한 일상이 보장되어야 가능한 얘기지. 우리 이러지 맙시다.

사내 그러니까 더 찾으려는 겁니다. 내가 아닌 나로 죽을 수는 없으니까요.

노을이 진다. 물감을 뿌려 놓은 듯 고운 빛깔로…
하지만 노을은 어둠이 내린다는 신호이기도 하다.

사내 하늘이 붉어지네요. 이러면 안 되는데… 곧 어두워진다는 뜻이거든요.

홍숙영, 휴대전화를 건다.

홍숙영 (전화기를 들고) 어디쯤이세요? … 안녕하세요. 펜션 사장님이랑 같이 오시는 거세요? 네… 바위요. 네… 바위가 보여요? … 갓바위요? 그러고 보니 갓 모양인 것 같기도 하네요.

사내, 차에서 나온다.

홍숙영 (전화기를 들고) 그런데 왜 차가 안 보이죠?

사내 (큰소리로) 여기요! 여기요!

사내, 클랙슨을 울린다.

홍숙영 (전화기를 들고) 안 들리세요? 근처에 다른 바위가 있나요?

사내 제가 통화해 보죠.

홍숙영, 사내에게 전화기를 건넨다.

사내 (전화기를 들고) 해가 어느 쪽으로 지고 있죠?… 저는 그쪽을 모르는데요. … 네. 모릅니다. 해 지는 방향이나 말씀하시죠? 여기서 밤을 보낼 수는 없기 때문이죠. … 잠시만요. (홍숙영에게 전화기를 넘기며) 저기요. 전화 좀 받으세요. 저랑은 대화가 안 되네요. 자꾸 저더러 친구 어쩌고 하는데…

홍숙영 당신 친구니까 친구라는 거지.

사내 (수화기에 대고) 전화 끊겠습니다.

홍숙영 그런다고 전화를 그냥 끊냐. (다시 전화를 걸고는) 여보세요. 네. 여기가요… 그러니까 여기가…

사내 해가 어느 쪽으로 지는지 물어 보세요.

홍숙영 해가 어느 쪽으로 지고 있냐고… 네…

사내 바위를 중심으로…

홍숙영 바위 중심으로… 네… 왼편이요?

사내 다른 곳으로 가신 거 같은데요. 저희 쪽에서는 바위 뒤로 해가 지고 있거든요.

홍숙영 저희는 바위 뒤쪽으로… 네… 네…

홍숙영, 전화를 끊으며…

사내 조금 더 기다려야겠군요.

홍숙영 그런데 해가 지는 방향 말이야. 그거 어디에 서 있냐에 따라 다른 거 아닌가?

사내 그러네요. 어디에 서 있느냐에 따라… 어디서 보고 있느냐에 따라… 그게 그렇겠네요.

홍숙영 어련하실까… 바람이 차네.

사내 차에 들어가 있지 그래요.

홍숙영 나 걱정하는 거 보니까. 진짜 당신 안 같네.

홍숙영, 차에 탄다.

홍숙영 당신도 타.

사내 무작정 기다리기엔 밤이 아직 찹니다.

홍숙영 오겠지. 누구라도… 지나가는 사람이라도 있겠지. 설마 세상에 그렇게 많은 인간들 중에 하나가 없을까. 우리 구해 줄 사람이…

사내, 차에 탄다. 그리고 잠시 그들 사이에 시간이 흐른다.

홍숙영 증명해봐. 내가 받아들일 수 있게… 증명하지 못하는 모든 이야기는 가설일 뿐이잖아. 어떤 논리로든 증명해봐. 그래야 진실이 되지.

사내 화난 거 압니다.

홍숙영 … 슬픈 거야.

사내 어떻게 하면 그쪽과 나, 둘 다 만족할 수 있을까요?

홍숙영 당신한테 시간을 줄 수가 없어. 우리 모두는 살고 싶은 삶을 선택할 수 있지만 그게 안 돼, 난. 난 그럴 수가 없어.

사이.

홍숙영 우리 나이가 너나 할 거 없이 사연이 많아. 시대가 그랬으니까. 당신은 6.25전쟁 치루고 십년도 채 지나지 않았을 때 태어났지. 그때는 다 가난했지. 배도 많이 고팠고. 기억나? 국민학교 때, 지금은 초등학교지만, 학생 수만큼 교실이 없어서 오전반 오후반으로 나눠서 공부했잖아?

사내 그랬습니까?

홍숙영 그래, 그랬어. 우리 때는 집집마다 애들이 넘쳐 났으니까. 때 꺼리가 없어도 일단 많이 낳고 보는 거지. 전쟁 통에 하도 죽는 걸 보니까 끝까지 산다는 보장이 없다고 본 거야. 그러니 경쟁이 오죽해. 어떤 청춘이 뜨겁지 않았겠어. 하지만 우리 세대 힘들었어. 80년에 5.18, 87년에 6월 항쟁. 따지고 보면 우리 자부심 가져도 돼. 민주화된 거 우리 세대 기여도가 얼마나 높은데… 거기다 경제부흥까지. 한강의 기적. 다들 열심히 달렸지. 우리 때는 부모 부양도 당연했잖아. 자식까지 해서 책임질 가족도 많았지. IMF만 없었으면 크게는 아니어도 다들 그만 그만하게는 살았을 텐데… 화려한 이력이 한 순간에 휴지처럼 구겨졌지. 아~ 웃고 있어도 눈물이 난다.

사이.

홍숙영 할 말 없어?

사내 죄송합니다. 제가 딴 생각을 하느라… 뭐라고 하셨습니까?

홍숙영 당신, 술 들어가면 고장 난 테이프처럼 맨날 하고 또 하던 얘기야.

사내 재미없었겠네요. 저는 요즘 젊은 애들 얘기가 재미없어요. 도대체…

홍숙영 (말을 가로채며) 당신 속상했지? 그랬을 거야. 그때는 당신 얘기 잘 안 들렸어. 귀찮기도 했고, 패배자의 항변 같기도 했고, 학생운동 한번 제대로 하지도 않았으면서 마치 민주투사였던 것처럼 떠드는 꼴도 싫었고… 그런데 그게 기억이 나더라. 습관이 몸에 박히듯이 당신 말이 뇌에 박혔나봐.

사내, 차에서 내린다.

홍숙영 피하지 마.

사내 그게 아니라… 제가 좀 급해서…

홍숙영 여기서 싸.

사내 낯선 여자 앞에서 아랫도리를 까기는… 좀…

홍숙영 언제까지 낯선 여자 취급할래?

사내, 무시하고 가려는데…

홍숙영 부탁이다.

사내 저도 부탁 좀 합시다. 제가 언제까지 알아들을 수도 없는 말을 들어줘야 합니까. 난 당신 남편 아니라니까요.

사내, 가려는데…

홍숙영, 차에서 내려 사내를 막아선다.

홍숙영 싫어. 무서워.

사내 제가 급해요.

홍숙영 당신 혼자 가버릴 수도 있잖아.

사내 환장하겠네. 그럼 이렇게 합시다. 내가 노래를 부를게요. 그쪽 들을 수 있게… 나 진짜 급하다니까.

사내, 홍숙영을 밀치고 급하게 홍숙영의 시야에서 멀어진다.

홍숙영 왜 노래 안 불러?

아무 대답도 없다.

홍숙영 노래 부른다며?

사내 아는 노래가 없어요.

홍숙영 아무거나 해.

사내 가사가 생각나는 게 없네요.

홍숙영 내가 그 쪽으로 간다.

사내, 무대 밖에서 조용필의 〈창밖의 여자〉를 흥얼거린다.

사내 (노래) 창가에 서면 눈물처럼 떠오르는 그대의 흰 손~
돌아서 눈 감으면 강물이어라~
한 줄기 바람 되어 거리에 서면~

혼자 남겨진 홍숙영…

홍숙영 소리가 너무 작잖아. 어디까지 간 거야?

홍숙영, 클랙슨을 세게 누르며…

홍숙영 진짜 간다.

사내, 무대 밖에서 핏대를 세우며 부른다.

사내 (노래) 그대는 가로등 되어 내 곁에 머무는~
누가 사랑을 아름답다 했는가~
누가 사랑을 아름답다 했는가~
차라리~ 차라리~ 그대의 흰 손으로 나를 잠들게 하라~

홍숙영도 사내의 노래를 따라 부른다. 최선을 다해 부르지만 음정 박자 무시다.
노을이 지나간 하늘은 어둠에게 서서히 자리를 내어준다.
홍숙영, 갑자기 비명을 지른다. '악~'
사내, 급하게 달려오며…

사내 무슨 일입니까?

홍숙영, 비명을 지르며 안절부절 한다.

사내 뭐야? 뭐야?

사내, 서둘러 홍숙영의 휴대전화로 플래시 불빛을 비추면…

사내 왜요? 왜?

홍숙영 (울상으로) 텍사스 전기톱 살인 사건.

사내 예?

홍숙영 이렇게 깜깜한 데서 전기톱 들고 사람 막 죽인단 말이야.

사내 영화요. 살인마 나오는…

홍숙영 불빛 있는 곳으로 가자. 이런데 너무 싫어.

사내, 헤드라이트를 켠다.

사내 남은 배터리로 얼마간은 버틸 겁니다. 영화는 영화입니다. 영화를 진짜로 믿는 겁니까?

홍숙영 그거 진짜 있었던 일로 만든 거거든. 물론 전기톱은 아니지만… 영화란 게 원래 리얼을 근거로 판타지를 주는 거야. 사실 근거. 있을 법한 일. 있었으면 좋겠다는 욕망의 충족.

사내 나이도 있어 보이는 분이…

홍숙영 난 세상에서 제일 무서운 게 사람이야. 귀신, 그게 뭐가 무서워. 실체도 없는데… 어둠이 왜 무서운 줄 알아? 괴한이 숨어 있어서야. 집에 혼자 있을 때 누군가 있다는 느낌을 받아봐. 얼마나 공포스러운가.

사내, 한숨을 내쉬며 차에 기대앉는다.

홍숙영 밤에 자려고 누웠는데 무슨 소리가 들려서 나갔어. 마스크 쓴 사람이 손에 칼을 들고 서 있는 거야. 상상해봐. 얼마나 끔찍한가. 아직까지 우리에게 일어나지 않았다고 앞으로도 일어나지 않을 거라는 보장은 없어. 왜? 이런 일은 우리 주의에서 너무 흔하게 일어나고 있거든. 당신, 그 영화 기억나지? 텍사스 살인사건. 그거 당산이랑 같이 봤잖아. 내가 무섭다고 당신 품에 꼭 안겨서… 기억났지? 기억하지?

사내 계속 떠들면 허기만 질 텐데… 나라면 말을 줄이겠습니다.

그들 사이에 침묵이 흐르고 풀벌레 소리만 들린다.

홍숙영 노래라도 불러.

사내 아는 노래가 없어요.

홍숙영 '창밖에 여자' 아까 불렀잖아.

사내 조용필 노래는 입에 배어 있는 거죠. 습관처럼…

홍숙영 그럼 내가 말할까?

사내 노래 부르는 게 났겠네요.

홍숙영 '내 가슴에 내리는 비' 알지? (노래) 아무도 미워하지 않았고 외로움도 주지 않았는데…'

사내 (노래) 오늘 내 가슴에 쏟아지는 비~
그 누구의 눈물이 비 되어 쏟아지는가~

홍숙영 당신 18번이야.

사내 조용필 노래가 그렇죠. 누구에게나…

홍숙영 당신 18번이라고.

사내 제가 아니라고 하면 화낼 겁니까?

홍숙영 슬플 거야.

사이.

홍숙영 왔던 길로 다시 돌아가는 건 어떨까?

사내 길도 모르잖아요. 어딘지도 모르는데 어둠 속을 걷자고요. 더 위험할 수 있어요.

홍숙영 담배 사러 가겠다고 했잖아.

사내 그때는 어둠이 완전히 내리기 전이죠.

홍숙영 체온이 떨어지면 그땐 진짜 위험할 수도 있는데…

사내 좀 늦는 거겠죠. 우리도 여기까지 오는 데 한참 헤맸잖아요. 이럴 때 보면 내비도 소용없어요. 자고 일어나면 도로가 생겼다, 없어지고. 건물도 생겼다. 없어지니까요. 기계가 인간의 개발 속도를 못 따라가는 겁니다.

홍숙영 우리가 건너왔던 다리. 그거 당신이 건설한 거야. 그건 기억하지? 나도 잊고 당신 딸은 기억 못 해도 당신이 만든 다리는 알 거 아니야?

사내 지방으로 다니다 보면 낯선 길, 낯선 건물… 철마다 바뀌는 거 같아요.

홍숙영 당신 20대부터 해 오던 일이야. 다리 세우고, 길 닦고, 건물 짓고… 당신 손마디에 굳은살은 어떻게 설명할 건데?

사내 저도 차라리 그쪽이 말하는 사람이었으면 좋겠어요. 아닌데 어쩝니까.

홍숙영 그래. 가보자. 어디까지, 언제까지 모른 척, 아닌 척 할 수 있는지…

사내 …

홍숙영 그리고 나 모르는 건 좋은데 내가 그쪽한테서 '요'자를 들을 때마다 소름이 쫙 끼치면서 닭살이 돋거든. 보여?

사내 모르는 분한테 말을 놓을 순 없죠.

홍숙영 우리 이렇게 하지. 서로 말 놓는 거야. 오늘부터 친구 하면 되지.

사내 전 모르는 사람하고 친구 안 합니다.

홍숙영 알았어, 알았어. 천천히 하지, 뭐.

사내 전 그쪽 반말이 거슬립니다. 아까도 말했지만 싸가지도 없어 보이고 교육을 제대로 받지 못한…

홍숙영 (말을 가로채며) 저 배울 만큼 배웠어요. 애들 가르치는 교사라고요. 그것도 중학교 국어 교사. 교양 있을 만큼 있어요.

사내 한결 들어주기가 편안하네요. '요'를 붙이니까. 우리말이 그래요. 어렵죠. 존대어가 있어서… 가르쳐 보셨다니 더 잘 알겠네요.

홍숙영 내가 말했지. 각자 원하는 대로 하자고.

사내 …

홍숙영 동의했잖아.

사내 …

홍숙영 뭐야?

사내 …

홍숙영 말 섞지 않겠다는 거야?

사내 …

홍숙영 알았어요. 천천히 하죠, 뭐.

사내, 홍숙영을 본다.

홍숙영 당신이 원하는 대로 한다고요.

사내 다른 것도 그래 주면 좋겠네요.

사내, 트렁크를 열고 여행 가방에서 옷가지를 꺼내 입는다.

사내 준비한 옷 중에 외투 있으면 걸치세요.

홍숙영 없어요.

사내 제 거라도 괜찮으시면…

홍숙영 네.

사내, 홍숙영에게 외투를 가져다준다.

홍숙영 사진 찍으러 다니는 거 재미있어요?

사내 나이 들어 찾은 취미치고는 꽤 괜찮아요. 퇴직하고 나니까 할 게 있어야죠. 사회서 만난 친구들은 일 얘기가 없어지고 나니까 만나서 할 게 없어요. 동창회도 1년에 한두 번이지. 휴대전화에 번호가 그렇게 많은데도 걸 때가 없더라니까요. 여자들은 집에 있으면 뭐 해요? 난 할 게 없던데… 느는 게 잠밖에 없어요. TV보다 자고, 밥 먹고 자고, 책 보다가도 자고, 계속 자는 거죠. 책도 낼 생각입니다. '길 따라 풍경을 찍다.'

홍숙영 책 제목 좋은데요.

사내 그죠?

홍숙영 저희 남편도 집에 없어요.

사내 나이 들어 이쁜 짓 하네요. 눈에 보이는 자체가 스트레스잖아요. 젊을 때야 싱싱하니까 보는 재미라도 있지. 제 말이 맞죠?

홍숙영 찾아다녀요.

사내 뭘요? 바람났어요?

홍숙영 차라리 그랬으면 좋겠네요. 자기랑 바뀐 진짜 자신을 찾아다녀요. 내가 말을 하면서도 이게 말이 되나 싶네요.

사내 마실 건 구해야겠는데…

홍숙영 뒷좌석에 보면 캔 커피 있을 거예요.

사내 아까는 없다고…

홍숙영 그때는 당신이 내 말을 자꾸 끊으니까… 죄송해요. 내가 또 규칙을 깼네요. 뒷좌석에 보세요.

사내, 뒷좌석에서 캔 커피를 꺼낸다.

홍숙영 가족이 없다고 하셨죠? 혼자 살기 외롭지 않으세요?

사내 몸 여기저기 바람구멍이 난 거 같죠.

홍숙영 애인 만들지 그래요? 요즘은 가정 있는 사람도 애인이 필수래요.

사내 남자가 중년이 되면 사랑하기가 어려워요.

홍숙영 왜요? 그쪽처럼 부양할 가족이 없으면 데이트할 시간이 많잖아요. 하긴 그쪽 나이쯤 되면 주변에 만날만한 여자가 없기도 하겠네요.

사내 사랑에 대해 기대가 없는 걸지도 몰라요. 끝을 아니까. 감동받는 일도 적고. 워낙 눈물을 잊고 살아서… 전력 질주하자니, 체력도 딸리고, 열정이 식어서 가슴이 떨리지도 않고. 사랑이 나타나도 선뜻 따라나서지도 못 하죠. 세상 눈치 보느라… 거기다 나이 들면서 느는 건 고집하고 주름인데 누가 좋아합니까?

홍숙영 여자에게 돈 쓰기 아까워진 건 아니고요?

사내 갑자기 제가 시시해지네요.

홍숙영 기분 나빠요? 그 말은 하지 말 걸 그랬나…

사내 사랑을 안 하는 건 두려워서겠죠. 상처도 받게 되고, 균형도 잃게 되고, 그러다 보면 자신까지 잃어버리게 되니까. 사랑이란 게 희생 없이는 안 되는 거잖아요. 시작을 말자. 뭐 그런 이유 아닐까요?

홍숙영 사랑 얘기 나오니까 말이 길어지네요. 사랑이 좋긴 좋네. 당신 사랑은 언제까지였어요?

사내 …

홍숙영 물었잖아요.

사내 나한테 묻는 거였어요?

홍숙영 그럼 나한테 물었을까요? 여긴 우리 둘뿐인데…

사내 글쎄요. 기억이… 진짜 나를 찾게 되면 그땐 알 수 있겠죠.

홍숙영 당신 참… 말을 찾지 못하겠네.

홍숙영의 핸드폰이 울린다.

홍숙영 (전화를 받으며) 여보세요. 어디세요?… 안 보이는데… 제대로 찾은 거 맞아요?… 네… 맞는데요… 안 보여요.

사내, 경적을 울린다.

홍숙영 (통화 중) 들리세요? 아니요. 전화기로 말고 진짜 들리냐구요? 헤드라이트 켜고 있… 여보세요! 여보세요! 배터리가 다 됐어.

잠시, 어색한 침묵이 흐른다.

홍숙영 우릴 못 찾나 봐.

사내 불 피울 거라도 찾아야겠어요.

홍숙영 같이 가요.

사내 그 사이에 올 수도 있잖아요.

홍숙영 싫어요. (앞장서며) 안 가요?

사내 그럼 그쪽이 찾아와요. 내가 기다릴게…

홍숙영 그건 더 싫어요.

사내 친구 없죠?

홍숙영 많아요.

사내 주위에 착한 사람만 있나 봅니다.

홍숙영 당신 나 기억나지? 항상 그렇게 말했잖아. 성질머리가 그래서 친구가 없는 거라고…

사내, 대답 없이 앞서 나간다.

홍숙영 같이 가.

홍숙영, 따라간다.

무대 밖에서 들리는 홍숙영의 비명.

사내 좀 떨어져서 걷죠.

연신 들리는 홍숙영의 비명.

사내 저기요. 팔을 놔야… 잠깐만요, 목은… 숨이… 막혀서… 어딜 만져요? 거긴… 잠깐만…

사내, 불을 피울 나뭇가지를 들었다.
홍숙영, 사내에게 매미처럼 매달려 있다.

사내 이제 그만…

홍숙영, 사내에게서 떨어지며…

홍숙영 당신 결혼 전에는 나 자주 업어 줬는데…

사내, 불을 피운다.

홍숙영 춘천에 갔을 때 기억나? 계단 많던 공원. 그때도 오늘처럼 어두울 때 도착했지. 계단 올라가면 시내가 한눈에 보인다고… 계단 앞에서 나한테 등 내밀었잖아. 응? 기억나?

사내, 불만 피운다.

홍숙영 내가 난간 앞에서 시내 구경하고 있는데 벤치에 앉아보라며 손수건 깔더니 내 입술을… 혀가 입안으로 쑥 들어오는가 싶더니 손이 가슴으로 쑥… 그때 나 놀란 거 연기야.

당신이 키스할 줄 알았어. 알고 벤치에 앉은 거야.

사내, 불을 피우고는 차에 기대앉아 눈을 감는다.

홍숙영, 노래를 부른다.

사내 조용히 좀 합시다.

홍숙영 더 큰 소리로 노래를 부른다.

사내, 눈을 뜨며…

사내 진짜. 환장하겠네. 왜 그래요?

홍숙영 자지 말라구… 규칙 지킬게요.

사내, 못마땅하다.

홍숙영 몇 시에요?

사내 몰라요.

홍숙영 (손목시계를 보며) 시계를 보면 되잖아요,

사내 멈췄어요.

홍숙영 고치던가.

사내 찾질 못했어요. 요즘은 수리해서 쓰질 않나 봐요. 버리고 다시 사지.

홍국영 닮았네요. 물건도 쓰는 사람 닮는다는데…

사이…

홍숙영 당신 풍경들은 어때요? 있을 거잖아요. 지난 시간 속의 사람들…

사내 …

홍숙영 뭐라도 좋아요. 당신 추억에 내가 없더라도 좋고, 내가 나쁜 년이어도 좋으니까. 뭐든… 당신을 말해줘야 당신이 누군지 증명이 될 거 아니에요.

사내 아무리 생각해도 내가 없어요. 내가 존재하지 않는단 말입니다. 그게 나를 만들어야 하는 이유이기도 하지만…

홍숙영 당신은 살아있고 살아있는 인간은 누구든 역사가 있어요. 그래요. 취직할 때 쓰는 자기소개서. 그거 좋다. 그게 있어야 당신 말대로 당신이 내 남편 차인배가 아니라 다른 사람으로 받아들일 거 아니에요.

사내 '들린다. 냄새가 난다'가 아니라 '듣는다. 냄새를 맡는다. 만진다. 맛본다.' 뭐 그런 것처럼, 내가 알고 한 행동들이 있어야 하는데… 그게 나니까… 자각하는 감각들을 설명할 수 있어야 내가 움직였다는 거잖아요. 그게 없어요. 왜 그런 거 있잖아요. 가만히 있어도 내 것이 되는 거 말고, 내가 내 것으로 만든 것. 그게 나니까. 그게 있어야 날 설명할 수 있는데… 나도 답답합니다.

홍숙영 연기하려면 그 정도는 준비했어야죠.

사내 당신이 말하는 나는 세상과 적당하게 속도를 맞추면서 걸어야 하고, 남들 기분 상하지 않게 웃어주고, 세상사 흘러가는 대로 충돌 없이 그저 끄덕끄덕… 나한테 연기가 필요하다면 내가 지금 말한 이런 거지 같은 것들을 익혀야겠죠. 그런데 적어도, 기억은 안 나지만 적어도 이따위로 살진 않았을 거 같단 말입니다. 꿈도 없이, 꼭 병자 같은 몰골로 거울 앞에 서 있진 않을 거란 말이죠. 나는 다르게 살았을 겁니다. 이게 나일 리가 없어요.

홍숙영 아니야. 내 기억 어디를 뒤져봐도 당신 그런 모습 아니야.

사내 인간이란 게 원래 더럽고, 욕심 많고, 공격적이라, 배고프면 먹어야 하고, 먹으면 싸야 하고, 갖고 싶으면 뺏어야 하죠. 교육이라는 거 덕분에 짐승 꼴은 벗어났는지 몰라도 타고난 각자의 개성은 무시한 채 백이면 백, 모조리 같은 잣대와 기준으로 가르치다 보니 탈이 날 수밖에요. 사회일원으로 만들기 위해 공장에서 생산해 내는 생산품이란 말이죠. 우리 대다수가 품질 마크를 달기 위해 죽을힘을 다해 삽니다. 발에 맞지 않는 신발을 신으면 종일 불편하고, 아프고, 짜증나고, 신경 예민해지잖아요. 그런데 그거 아십니까? 고통이나 자극이 장시간 지속하면 무뎌진다는 거. 문제를 인식하는 세포가 죽으면서 저항하는 힘을 잃게 된다는 거죠. 인간을 똑똑하게 만들겠다는 취지의 교육은 반대로 바보를 생산하고 있다는 겁니다. 어느 정도까지 바보냐. 영어 좀 못한다고 열등한 인간 취급을 받아도 받아들인다는 거죠. 아무런 저항 없이… 그뿐인가요.

성공을 못 한 인간은 실패자라고 해도 인정하는 거죠. 정작 본인은 성공이 뭔지도 몰라요. 그냥 남들이 그러니까 그냥 실패자인 거야. 우리가 우리 스스로를 모두 실패자로 만들어 버린 거죠.

홍숙영 당신 거짓말하는 거 같지는 않아요.

사내 잠깐 사이에 대화가 재밌어졌네요.

홍숙영 당신 어떤 시간을 살았는지 몰라도 같은 시간을 산 기분이 드네요.

사내 궁금해지네요. 당신 남편이 어땠는지…

사이.

홍숙영 그 사람… 그러니까 당신이 물은 내 남편은… 착했어요. 법이 하지 말라는 건 하지 않았어요. 아무리 바빠도 교통신호를 어긴 적도 없고… 세상이 윤리 교실도 아닌데… 살면서 꼭 이겨야겠다는 생각도 하지 않았을 거예요. 그랬다면 덜 억울했을지도…

사내 지루했군요.

홍숙영 그 사람이 날 닮은 걸까요? 내가 그 사람 닮은 걸까요? 나도 지루한 사람이거든요. 동료 교사들이 나보고 그래요. 내가 할 다음 행동을 알겠다나… 정해진 공식이 있다는 거죠. 그만두는 날, 나보고 그래요. 자식같이 가르치던 아이들과 헤어져 섭섭하겠다고. 아닌데… 가르칠 때마다 '내

자식 아니다'라고 생각했는데… 아름다운 나로만 보여주며 살았나 봐요.

사내 그럴 필요 없는데… 좋은 사람으로 보여 봐야 곤경에 처했을 때 찾아오는 사람 아무도 없는데…

홍숙영 사람들은 거짓을 좋아하니까… 적절히 연출하고, 정당히 보여주고…

사내 만족감을 요구하는 거죠. 솔직한 사람과 마주하는 거 불편하니까.

홍숙영 왜 그럴까요? 왜 사람들은 있는 그대로 얘기하지 못할까요?

사내 질문이 철학적이네요.

홍숙영 기회를 주지 않더라고요.

사내 빠져나올 수 있을 때 나오세요.

홍숙영 당신이랑 말이 하고 싶어.

사내 다시 제자리네요.

홍숙영 상황은 언제든 변해.

긴 사이…

홍숙영 나 생리가 안 나와.

사내 …

홍숙영 '나 생리가 안 나와.' 그때도 이렇게 말했다.

사내 …

홍숙영 당신 그러지 마라. 나 이제 몸도 점점 기능을 상실하고 있어.

사내 …

홍숙영, 차안에 둔 가방을 뒤져 담배를 꺼낸다.

홍숙영, 사내에게 담배를 건넨다.

홍숙영 줘?

사내 괜찮습니다.

홍숙영 (담배를 피우며) 그래 당신 담배 안 폈지.

사내 저도 한 대 주세요.

홍숙영, 사내에게 담배를 건넨다.

담배를 피우는 사내.

홍숙영 메리 죽었을 때… 하얀 포메리안… 메리도 기억 안 난다 할 거야?

사내 …

홍숙영 그때야. 끊었던 담배를 다시 핀 게… 메리 화장하고 집으로 돌아오는 길에 물도 안 넘어가더라. 숨이라도 쉬자는 생각에… (담배를 보며) 꽤 좋은 친구야. 심심하지가 않아. 생각날 때마다 피면 그만이야. 메리는 그럴 수 없지만… 생각나도 보고 싶어도 채울 방법이 없어.

사내 …

홍숙영 그날… 하늘이 너무 맑았지. 얄미울 만큼… 그랬어, 그 날…

사내 …

홍숙영 그래. 내가 질투 날 만큼… 당신만 따라다닌… 나이는 좀 있었어도 건강했는데… 아무것도 먹질 않더니… 그렇게 빨리 죽을지는…

홍숙영, 참을 수 없는 슬픔이 터져 나온다.

홍숙영 (울음 섞인 목소리로) 뜨거웠을까… 땅에 묻어줄걸… 그러면 조금은 천천히… 천천히… 세상과 이별할 시간은 줄 수 있었을 텐데… 집에 들어설 때마다 그 녀석이 달려 나오는 거 같아. 꼭 그럴 것만 같아. 나도 당신만큼이나 시간에서 도망치고 싶어. 도망칠 수만 있다면… 벗어날 수만 있다면… 시간에서… 시간에서…

시간이 흐르는 동안 홍숙영의 흐느끼는 소리만 들린다.

사내 즐거운 대화였습니다.

홍숙영 당신에게도 이유가 있겠지. 당신더러 과거로 돌아가라는 말도 아니야. 일은 일어났고 그 일은 당신으로 하여금 동기가 됐겠지. 인생을 살아가려면 때때로 수정이 필요하다는 것도 알아. 알지만…

사내 말을 한다고 사실이 되는 건 아닙니다. 용서하세요.

홍숙영 뭘? 뭘? 알려줘. 그래야 용서를 하지.

홍숙영, 사내를 본다.

사내, 한참을 정지된 화면처럼 서 있다가…

사내 하늘이 맑았어. 화장터에서 돌아오던 날…

홍숙영 메리… 기억나는구나. 기억나지? 이해해. 그리고 용서도 할게. 당신도 슬펐겠지. 나도 그랬으니까. 화도 났겠지. 받아들이기 힘들었을 거야. 그런다고 당신이, 당신이 아닌 건 아니야. 당신이 살아온 시간, 그 시간 안에 나도 있고 또… 또…

사내 진아…

홍숙영 맞다. 진아. 진아 녀석 저녁은 먹었나? 전화라도 해봐야겠다. 아차, 배터리… 친구 집에 간다 그랬지?

사내 살아 있었다면…

홍숙영 메리 죽은 거 나도 마음 아파. 5년을 키운 녀석이야. 내가 당신보다 밥도 더 많이 줬을걸? 그런 나도 견디잖아.

사내 찢겨진 옷도 불에 넣었다.

홍숙영 아무 말 하지 마.

사내 비. 엄청나게 쏟아 부었지. 찢겨진 몸으로 그 비를 다 맞았어, 우리 딸… 젖은 몸이 무거웠을 거야. 집으로 돌아오기엔…

홍숙영, 온몸으로 비명을 지른다.

홍숙영 아무 말도 하지 말랬지. 차라리 그 거지 같은 당신 놀이나 계속해.

사내 진아…

홍숙영, 사내의 뺨을 때린다.

홍숙영 제발… 제발…

홍숙영, 소리를 치며 사내를 때린다.
한참을 맞아주는 사내.

홍숙영 말하지 말랬잖아. 말하지 말았어야지. 돌아올 거야. 살아 있어. 돌아올 거야. 아주 잠깐… 잠깐…

홍숙영, 창지를 뒤틀며 터져 나오려는 울음을 누른다.

사내 울어. 차라리 울어.

홍숙영, 숨을 쉴 수가 없는지 헉헉거린다.

사내, 봉지를 꺼내 홍숙영의 입에 대준다.

사내 숨 쉬어. 숨…

홍숙영 (뿌리치며) 위선 떨지 마. 이 정도는 나 혼자 할 수 있어.

사내 내가 널 어떻게 보니?

홍숙영 내가 너한테 지옥이었구나.

사내 신을 믿지도 않는 내가 신을 원망하고 산다는 게 어떤 건지 아니?

홍숙영 나한테서 신을 뺏을 생각은 하지도 마. 기도할 대상은 있어야 하니까.

사내, 홍숙영과 떨어져 앉으며…

사내 알몸인 채로 다리 밑에 던져져 있더라.

홍숙영 하지 마. 돌아올 거야. 살아있다고 믿으면 돌아올 거야.

사내 진아를 다시 본 건 부검을 하고 냉동고에 누워있을 때였다. 냉장고를 열 때마다 진아가 보여.

홍숙영 나쁜 놈… 꼭 그 말을 해야 하니? 어떻게 그 말을 할 수 있어?

사내 기이한 차가움…

홍숙영 이럴 때 넌, 잔인할 정도로 친절하더라.

사내 세상이 아름답지 않고, 깨끗하지도 않다는 거 아는데 말이다. 나이들수록 알 만큼 안다고 생각했는데… 각오도

했거든. 그런데…

홍숙영 혐오스러워.

사내 우리… 같이 있으면 그 시간에서 벗어날 수 없을 거야.

힘이 빠져나가는 홍숙영, 축 처진 몸을 차에 기댄다.

긴 사이…

사내 내가… 나 맞을까? 내가 살아 온 시간 그게 다 내가 살긴 한 건지… 나, 나를 받아들이기가 너무 힘들다. 이렇게 살았을 리가 없어. 꽤 괜찮은 시간을 사는 거라고… 의심하지 않았다. 단 한 번도… (사이) 내 시간을 받아들일 수가 없다.

홍숙영 말을 아껴. 날 돕고 싶거든…

사내 네가 하고 싶은 말을 해 준 거야.

홍숙영 침착하다, 너. 그 말을 뱉어놓고 넌 널 위하니? 나를 핑계로?

사내 너는 과거의 나를 만나고 싶어 하지만, 어제의 나는 진아가 죽으면서 끝났다.

홍숙영 그럼 진아는… 진아는 어디에다 둘까? 우리의 시간 어디쯤 내려놓을까?

사내, 눌렀던 눈물이 밖으로 나오려는 걸 다시 밀어 넣으려 하자 구토가 쏠린다.

사내, 한쪽으로 달려가 구토를 한다.

홍숙영 괜찮아?

사내 오지 마.

한참을 그러다가 사내, 다시 홍숙영에게로 온다.

홍숙영, 입가를 닦을 손수건을 건네며…

홍숙영 괜찮아?

사내 (손수건을 받아 입가를 닦으며…) 끔찍해.

홍숙영 지금은 아니야. 적절할 때 가. 너무 멀리는 말고…

사내 시간이 복수하는 거야.

홍숙영 그럴지도…

사내 (품에서 수첩 하나를 꺼낸다) 내 인생에서 일어난 모든 일을 다 적어봤어. 상처를 치유하려면 면역력이 필요하잖아. 그래질까 하고… 참 볼품없더라. 이 작은 수첩 한 권을 채우질 못해.

홍숙영 나는 몇 장이나 쓸 수 있을까. 조간신문을 읽을 때마다 중심을 잃고 휘청거리는 세상을 보면서 욕한 거… 중심을 잃지 않으려고 애쓴 거… 제대로 된 세상을 만들려면 잘 가르쳐야 한다는 생각에 열심히 치열하게 한순간도 멈춘 적이 없어. 이웃을 사랑하래서 사랑했고, 내 몸과 같이 아끼라 해서 노력했고…

사내 내가 잘되면 동생들도 잘된다고 해서 공부만 했다. 교과서가 낡아질 만큼 외우고 또 외웠다. 토목과를 가면서 이 나라에 다리는 내가 다 놓을 거로 생각했지. 사람들이 가지 못하는 곳이 없게… 열심히 일하면 잘 산다고 해서 열심히 일했다. 당신 만나 결혼했어. 따뜻한 저녁밥은 먹겠지 싶어서… 국가가 자식을 하나 낳으라니까 그렇게 했고, 내 이름으로 된 아파트를 장만했을 땐 이젠 돈 쓰며 살아도 되겠구나 싶어서 옛 친구들 만나 소주도 샀다. 효자가 되려는 게 아니라 장남은 부모님을 모셔야 한다고 배웠으니까 배운 대로 했어. 배운 대로, 하라는 대로 다 했다. 지키라는 거 다 지키면서… 단 한 순간도 최선을 다하지 않은 시간이 없는데…

홍숙영 진아에게조차 선생님이었어. 엄마가 돼줄걸…

사내 누군가 작정하고 조작한 게 아니라면 어떻게… 왜 나에게…

홍숙영 그러게. 왜 우리에게…

사내 미치기라도 했으면 좋으련만 그것도 허락하지 않아.

홍숙영 인연을 끊을 거지? 당신이 아는 모든 거와 당신을 아는 모든 거와…

긴 사이…

홍숙영 우리 이 길 위에서 벗어날 수 없겠지?

사내 여긴 길이 아닐지 몰라. 바람이 실어다 놓은 모래 언덕일 지도…

홍숙영 걸어서 가기엔 멀지도 모르겠다.

사내 차를 고쳐볼까.

홍숙영 운전은 내가 할게.

사내 길도 모르잖아. 지도도 엉터리고.

홍숙영 그럼 당신이 운전대를 잡을래?

사내 자신이 없다. 사십 년을 넘게 운전을 했는데도… 하긴 육십 년 넘게 살았는데도 사는 게 서툰데… 사십 년밖에 안 된 운전이 잘 될 리 없겠지.

홍숙영 목적지가 생기면 가게 되겠지.

사내 간다면 멀리 가 볼 거야… 돌아오는 따위 걱정하지 않아도 될 만큼…

홍숙영 그럴 수 있다면…

사내 그럴지도…

그때, 클랙슨 소리가 울린다.

홍숙영 이젠 어쩌지?

사내 글쎄…

헤드라이트 불빛이 그들을 향해 쏟아진다.

막 내린다.

한국 희곡 명작선 103

타클라마칸

초판 1쇄 인쇄일 2022년 11월 1일
초판 1쇄 발행일 2022년 11월 7일

지 은 이 김수미
만 든 이 이정옥
만 든 곳 평민사
서울시 은평구 수색로 340 <202호>
전화 : 02) 375-8571 / 팩스 : 02) 375-8573
http://blog.naver.com/pyung1976
이메일 pyung1976@naver.com
등록번호 25100-2015-000102호
ISBN 978-89-7115-043-6 04800
978-89-7115-663-6 (set)
정 가 7,000원

이 책은 사단법인 한국극작가협회가 한국문화예술위원회의 2022년 제5회 극작엑스포
지원금을 받아 출간하였습니다.